ことばはあなたのまえで

——限りなく透き通るもののために

大塚常樹詩集

土曜美術社出版販売

詩集　ことばはあなたのまえで——限りなく透き通るもののために＊目次

Ⅳ

カバー写真／著者撮影「薔薇の花」

詩集　ことばはあなたのまえで

——限りなく透き通るもののために

I

私のこころ私のことば

私のこころはひとつの楽器
自から鳴り出すこともあれば
誰かが鳴らすこともある

私の詩は短い言葉
言葉は世界認識
時に感性の発露
大切な意見表明

私の詩は私の存在証明

神に近づくための階段
時に神からの言葉を奏でる楽器

忘れようとして
忘れられないことがあると
私のこころは時をわかたず
春夏秋冬
私の胸の扉を開いて
言葉を探しに出て行くのだ

草葉の陰の小さな虫たちの中に
街灯の光が及ばない角の暗闇の中に
水平線の向こうに垂れている雲の中に
大勢の人たちがすれ違う交差点の喧噪の中に

誰かの言葉に出会うため
誰かの言葉と共鳴したいため

ことばはあなたのまえで

ことばはあなたのまえで
口からでて透きとおる
さざめく空気の中に
私はゆるやかにうかびあがる

とめどなく消費される時間
いらだちながら私は立って
あなたの視線をまっている

あなたがおしひらくしゅんかんの抒情詩

ゆるんだ口もとにうかぶさわやかな合図
私はおびえながらゆっくりと歩みはじめる

音のない波　たちどまったままの時間
かげろうの中に意味を失って
私はあなたにしどけなくよりかかる

あなたがとじる空間に
私はことばを置きざりにする
あなたにだけ見ることが許されない背中を
私はおしげもなくひらく

まじりあう曲線をまとめる二本の直線
光はあふれながら　こぼれ　ながれ

距離の概念を織りながら
あなたはゆっくり私の視線をとおざかる

さいごに　言葉の畑の上に
私は舞いおりる
笑い声や冗句の花たちが
私を蝶のように軽くささえて

だれにもわかってもらえなくて

だれにもわかってもらえなくて
大勢の女子学生の前で
何十個のきんちょうするかわいらしい耳の前で
僕は黒板の文字をよみあげる機械です

こんなにはじらってのどをくもらせているのに
そんなにしいんとすましてきいているというのは
僕の方をみまいとするそんなこころのあらわれなのですか

十代をおえたばかりのころは

雲間からもれる太陽が作り出す
言葉の光線に照らし出されるだけで
僕は羞恥心に打ちのめされた
それだのに　それだのに

どうして　だれにもわかってもらえなくて
ふるえながら廊下をさまよわねばならぬのか
おなかの重い昼下がり　あなたたちの
重みが僕の足をしばしとどめる
つかれきって言葉をなくした僕が
たどりつくところは
けいれんする内臓にしびれぐすりのように
一杯のぬるいコーヒーを入れるしゅんかんなのだ

傷つけないで下さい

傷つけないで
どんなことでもよいから
うたを歌わせないで下さい

夏がくるというのに
台風が風をひきよせるのに
どうしても動きを思い出せない
私はただの小さな石

傷つけないで下さい

たくましく輝いてみえるのだとしても
あつかましく高慢にみえるとしても
私はただの雨からのがれられない石

悲しいと思うことが多すぎると
悲しい表情は誰にも映らない
それはただの生活
それなのに悲しみはますます強く
私の表情はますますかたくなる

傷つけないで下さい
私の窓をたたくあなたの足音
あなたのふいのおとずれに
私はまたひとつの季節を落とす

机の上の動物園

かぜひきの日曜日は
もうまふゆの風がにぎやかで
ぼんやりへやのまん中で
ほおづえついているのです

みかんがひとつあざやかにおかれ
机の上にちらばったプラスティックのはさみ
それから手紙やハガキの草原
ボールペンと万年筆の灌木
ところどころにこぼれたジュースの水たまり

ほおづえついてだまっていれば
へやのまん中は思わず動物園
私の目がおいもとめるのは
時間がくれるねむりににたあたたかさ
いや　思い描くのがむずかしい
あなたの切ないしぐさなのです

きのう　そしてきのうのきのうのきのう
何げないあなたのしぐさが
私を一人のギター弾きにした
だれもいなくなった夜の動物園
ねむりについた動物たち
口をひらくだけで言葉をもたないギター弾き

私の動物園
気がつくと外はいてつくような月夜で
音楽は生まれたころの甘美な曲ばかり
あなたを見ていた私の前に
分厚くたれていた
とうめいな空気のカーテン

あなたの肉体が近づくだけで
私は自分を見失ってしまい
それから短い瞬間の抒情詩
私の机の上の動きのない動物園
みかんとはさみ
ボールペンと手紙　ノートの動物園

去りゆくあなたに贈る詩

あるときふいの会話から
あなたのさびしげな口もとに
ひきつけられるしゅんかんがくる

自分にいいきかせても
すぐに詩を作り出してしまうから
わたしの視野であなたは
ふたたびさびしい女になった

風の吹く日がこわい

月の白い夜は底のぬけた大地
ひたすらにげるように
わたしはあなたのイメージに
追われている

あなたをこわいと思う日は
あなたが人なつっこい目を
さびしさに変えてくる夕方
わたしはしっている
それらがあなたの何でもないしぐさ
そしてわたしの悲しい文学のはじまりだということを
季節がかわって明るいひざしが私たちを変えるころ
あなたが去るのだから、それは

失うということなのだ
去られるということは
むしりとられるということなのだ

私の瞳に映る君

これ以上近づいてはいけない
君の瞳に映る私を
私はみることが出来ないのだから

君の悲しみを私は食べることが出来ない
君の微笑みを私は飲むことが出来ない
君はそこにあって、君の位置から私を眺めている
君だけの歴史を抱えながら私の前にたっている

君の愛おしさはなだらかな形がもつ重さ

今ここにある君の熱と張りと
上目がちにみる柔らかい視線

君の中で消化される甘い蜜を
私は透視することはできない
君の中で発酵する暗い情念を
私は擦過《さっか》することができない

ああ　この愛おしさ
まわりの空気に渦が生まれ
華やいだ昆虫たちを惹きつける
甘く溶けるような心拍

それ以上近づいてはいけない

私の瞳に映る君を
君はみることが出来ないのだから

やさしい彷徨者《さまよいびと》

秋が来たので
ゆめの庭に
あなたが足跡を残した

あなたは私をやさしい彷徨者《さまよいびと》にする

私は忘れようとさえした
人里さみしい陸橋の上で
遠い山脈に向かう線路をながめ
わたしはあなたの位置を思いやった

あなたはたとえば
きまぐれな雲の隊列
ひとつひとつがあなたの
野性的な表情であるように

おんがくをきくことで
あなたの体音をなつかしむこともできた
ちいさな荒れた庭の中に
あなたの正確な塑像をえがくこともできた

夜明けのまどろみの中から
一羽の鳥がとびたつ

その羽音におどろくのは
季節をわすれてしまった
私の臆病さなのだ

Ⅱ

大川小学校震災遺構にて

痩せた老人が運転する軽自動車が
私の前をゆっくりと走る
追い越したい私を自重させるこの重苦しさ
北上川の河口に近い　広々と佇む低地に
東へと一直線に続く長い土手道
太陽へと飛翔を誘うまばゆい滑走路

光を取り入れる開かれた教室
庭の眺めが良いアーチ型の配置
海抜一メートルの大きな運動場は

一つの内海のように静穏に開かれ
その向こうには取り残された島のように
杉林の山の柔らかな稜線が囲んでいる

コンクリートの壁の向こうに斜めに刻まれた
細い登山路　見上げる傾斜の手前に
刻まれた津波の到達点
その上に集まった若者達
指で方向を指示しながら
解説している初老の男
「体育館裏の山は傾斜が緩やか（9度）で、
簡単に登れます[*1]」

雲一つ無いエメラルドブルーの天空

地中海風の赤煉瓦の屋根　建物が
オブジェのように横たわっている
むき出しになった鉄筋
根元が斧で切り取られて東側に倒れた支柱
海へと戻ろうとした津波の一撃
校庭の片隅に刻まれた詩
雨ニモマケズ
風ニモマケズ
だが、津波に私たちは負けるのだ

この十年間に流れた時間
子供達を飲み込んだ海水と同じくらい
沢山の涙が溢れ、地に飲み込まれていった

津波が届かなかった東京の空
空港から離陸する飛行機が翼を翻す空間に
一つの記念塔がたった
その名はスカイトゥリー

それは地水火風空の五輪塔なのか
神々の世界への侵犯　バベルの塔なのか
天上世界へと死者が上る梯子なのか
それとも胸に突き刺さる悲しみなのか

八千キロ離れた文明の曙の町で
イスラム国軍とイラク軍の死闘があった
ニネベの町[*2]は死臭と血の煉瓦で瓦解した
チグリス川に流れた血と涙と憎しみと

一万一千キロ離れた自由の国で
分断をあおるスピーチに集まった暴徒が
連邦議会議事堂になだれ込んだ、ガラスが割られ
階段を怒濤のように駆け上り
議長室に侵入してパソコンを奪っていった
南軍の旗を振りかざす男
沢山の血が流れたポトマック河のほとり

校庭の向こうに立った伝承館
受け取った一冊の本『小さな命の意味を考える』
「行ってきます」
「あの朝の　いつもと同じ風景を
忘れない　泥だらけの教科書を　洗って干して」

「未来を拓く」というタイトルが付いた校歌
「学校管理下で起きたかつてない規模の事故」
地球という惑星の変化の中で起こる地震、津波
地球という水の惑星の恩恵で生まれた生命
これは天災では無く「事故」なのだ
「重要なのは、津波が到達するかどうかではなく、
避難するかどうかです」

地震から津波が襲うまでの五十一分間
一八九六　一九六〇
三陸津波からの百十五年　五十一年
「辛く厳しく悲しい思いは薄れることなく
突き刺さったまま年月が過ぎます」

津波の高さ九メートル
二階教室の天井にある津波の跡
三階は何処にある？
海抜一メートル
校庭より高い北上川の土手
「想定だけでも命を救えない」のだから

七十四は犠牲になった児童数
十は犠牲になった教職員数
行方不明の数は四
これは事故　人間は不十分な存在
「山があるだけでは命を救えない」のだから

長く続いた裁判
「聞き取り調査時のメモ廃棄」「消された証言」
「謎のファックス」「何も説明しない説明会」
「現場過失を認定」した第一審判決
「亡くなった教員の責任にするのは酷」
市長と知事は「控訴に踏み切った」
高裁は「市教委と学校の組織的な過失へと転換」
二〇一九年十月十日、最高裁が上告を棄却

人の涙の元は海
争いで流れるのは涙と血
人は神のように未来が予言できるのか
だが、人には言葉がある
経験を語り継ぐことが出来る言葉が

エンジンを再びかける
車はくねりながら土手を上る
土砂を山のように積んだダンプカーとすれ違う
子供達が目指したこのささやかな高み

何事も無かったこの日　穏やかに流れる北上川河口
鉄橋をひとり　北に向かってゆっくりと渡る
これから陸前高田の松原跡に向かうのだ
東日本大震災と三陸を襲った大津波
復興が進んだ三陸海岸
ひと月後には復興の三陸道が全通する

湾の中に流れ出した重油

真夜中に燃えさかる焔の海
町中が地獄の炎につつまれた気仙沼
ナビに無い高速道路を私は渡る
復興した町を眼下に見ながら
天上を飛ぶ翼を持った私の車
時速八十キロで
涙で充たされた海を渡る

＊1　「　」の部分は冊子『小さな命の意味を考える　第2集』からの引用です。この詩は二〇二一年十一月に大川小学校震災遺構を訪問した際に感じたこと、様々に思惟した際のことを言葉にした詩です。特定の誰かを批判する詩ではありません。

＊2　ニネベ　イスラム国が最後の砦としたイラク北部の都市モスルは古代帝国アッシリアの都ニネベにあたり、市内に遺跡がある。

必死の時——兄は生きては帰らぬぞ[*1]

ほんの少し前
命のべらぼうに安い国があった。
強い相手に勝ち目の無い戦争が起こった。
若者達は海に陸に命を散らした。
いつのまにか国民的な詩人[*2]になった詩人は
死のきよらかさを歌い上げた。

必死にあり。
その時人きよくしてつよく、
その時こころ洋洋としてゆたかなのは

われら民族のならひである。[*3]

同じ言葉を話せば同じ民族なのか
戦争に反対する人間はちがう民族なのか
私はあなたと同じ詩人なのか

戦争とは殺し合うことだ
個人が人を殺せば警察に捕まり
裁判にかけられ　刑に服す
国家が大量殺人すれば賞賛される
戦争は超法規的な大量殺人
老いた国民詩人は歌った。

安きを偸むものにまどひあり、

死を免れんとするものに虚勢あり。

生きるとは未来の自分を夢見ることだ
未来の夢に向けて　大砲と機関銃と
誰が撃ちたいと思うのか
砲弾と火があられのように降り注ぐ場所に
誰が行きたいと思うのか
耳をつんざく爆発音の下
人肉が飛び散り　油と血と腐臭と
汚泥にまみれる場所に
誰が行きたいものか
国民的詩人は歌う。

生れて必死の世にあふはよきかな、

人その鍛錬によつて死に勝ち、
人その極限の日常によつてまことに生く。

自分の死に打ち勝つには
相手を殺すしか無い
それが戦場だ
戦場に必要なのは
底が抜けない軍靴[*4]
途切れることの無い弾薬
相手の戦車より厚い鋼板
偶然という名の神[*5]のもと
マラリア[*6]に打ち勝つ免疫力
飢餓[*6]でも発揮できる運動神経
それが極限の日常。

国民的な老詩人は
兵隊にお呼びがかからず
疎開[*7]して生き延びる。
年寄りが始めて　若者が命を落とす[*8]
それが戦争。

われら一億の品性この時光を放つて
純粋無雑の初源にかへる。
乃ち無尽の力を内に激発せしめて
必ず最後の一撃に野獣を仆さう。

あなたが野獣と名指しした敵は
今やわれらの同盟国

核の傘で守ってくれる
野獣と仲良くしている
われらもまた野獣。

魂をぬかれた様にぽかんとして
自分を知らない、
猿の様な、狐の様な、ももんがあの様な、

初源にかえった[*9]
われら一億の品性。

＊1　兄は生きては帰らぬぞ　私の父雅彦が戦争末期の昭和二十年夏、戦地から空襲のあった群馬の実家にいる妹に宛てたハガキ中の一文。「死はむしろ自分のふるさと」と覚悟を書き記している。父は学徒出陣で北朝鮮に出兵、敗戦後に平壌郊外の三合里収容所に収容され、チフスで生死の境を彷徨う。中国八路軍の捕虜と

なるが、国共内戦下、延吉周辺で農奴となり、一九四六年十月に帰還した。

＊2　国民的な詩人　高村光太郎。日本文学報国会詩部会長を務めた。

＊3　必死にあり～　以下、この詩の一字下げの連は、光太郎の「必死の時」（一九四一年十一月）「必勝の品性」（一九四四年三月）「根付の国」（一九一〇年）からの引用（筑摩書房版全集より）。

＊4　軍靴　大岡昇平の「靴の話」を踏まえている。

＊5　神　当時の愛国詩や愛国歌謡には「神国」「神兵」が氾濫している。

＊6　マラリア、飢餓　私の伯父は白骨街道とも言われたインパール作戦で戦死した。享年二十三歳。

＊7　疎開して　一九四五年四月に空襲でアトリエが焼け、五月に宮沢賢治の弟清六方に疎開、その後岩手県稗貫郡太田村山口の小屋に移る。この時、光太郎は六十三歳。

＊8　年寄りがはじめて～　村上春樹氏がロシアのウクライナ侵攻に対してラジオで語った言葉を踏まえている。

＊9　初源にかえった「根付の国」は光太郎の最初の詩集『道程』に収録された最初期の作品。

一円の本

一円の古本を注文した。
送料よりも安い本
えすでぃーじーず
もったいないを標語とした店から
メールで届くお礼
ご注文をありがとうございました。

平和を永久に願う
三〇〇人の詩が収まった本
第二次世界大戦の

日本人死者は三一〇万
世界中の死者は八〇〇〇万
あれから八十年近い間も
地球の何処かで戦争が起きていて
多くの死者が出続けた。

お値段がつきませんがどうされますか
こちらで処分してよろしいでしょうか
はいお願いします
資源ゴミの山の中に
たくさんの仲間達と
紐で十字に捕縛されて
放り出される
値段がつかない本

一円の本の買い取り価格はいくら？
紐で縛るのは忍びないと
良心が付けた一円の価値なのか
十円で仕入れて利益を足して
五十円で売り出しても売れず
大バーゲンの一円なのか

私が注文した一円の本
平和を永久に願う詩を収めた本
一つの詩は一円の三〇〇分の一
それでもタダでは無い
三〇〇粒の涙の重み

国家だの、民族だの、部族だの
正義だの、浄化だの、安全保障だの
流された　値段のつかない血
一円は円の基本単位
一人の基本的人権を
もし買い戻すとしたら
いくらの値段がつくのだろうか

介護する君

介護する君は
睡眠薬の茨姫
悪夢の城の門を開くのは
老いた一匹の驢馬

介護する君は
疾風《はやて》する怒髪の天使
鳴り止まぬ電話の雨に
見据えたのは檻の中の静寂

介護する君は
羅針盤を失った剣闘士
生き続けるために倒すのは
重ね書きされる賞賛

介護する君は
孤立する懶惰《らんだ》の薔薇
規律は酒精の海に生まれ
顛倒した大地に君は横たわる

深い眠り

かすかな羽ばたきの中から
ひろげた翼があらわれると
ひとつのひらめきがうみ落とされる

音のない悲しみ
色のない叫び
冷たい夢想
動揺する心拍

ゆれる波頭の揺らぎの中で

私は中心をうしない
泡だつ悲しみの下で
発熱しながらもがく
ふくらみ　ただよい　ちぢみ
波動は薄暮の彼方に消える

蹂躙される愛
落下する信仰
封印される射精
朽ち果てた欲望

はいまわる昆虫たちを
なでるように私はさかまく
なりひびく鈴を押しながら

発酵し始めた屍体を
私は大きな臥所《ふしど》に横たえる

この重苦しいもの

歌うべきことはたくさんある
歌いたいものはたくさんある
だがそれを留《と》めようとするものは何だ

踊りたいことはたくさんある
踊るべきことはたくさんある
それを引き止めようとするものは何だ

語りたいことはたくさんある
語るべきことはたくさんある

それを押しとどめようとするものは何だ

怒り　歓喜　慟哭
裏切られ勝利し死に別れ

投げつけたいこの怒号
胸を張り裂きたいこの歓喜
大地をたたきのめしたいこの悲痛

叫びたいことはたくさんある
叫ぶべきことはたくさんある
それを圧さえつけようとする
この重苦しいものは何だ

海への憧憬——三好達治に

崖の向こうに海がある
海の中には母が
母の胎内に二滴の涙がある
水平に分断される天蓋

母国は赤道で引き裂かれ
首都へと向かう積乱の潮力
乳腺にそって溯上する軍隊
したたる鮮血の泡

その時　一瞬の夢のように
天空を切り裂いた
ジュラルミンの矢
雷鳴、爆発する閃光

海の向こうには戦う父がいる
喪失　威厳に満ちた父の冷笑
だが、新たに生まれるのは
限りなく美しい憧憬

私が生まれた奥処、海
深呼吸を求めたのは
硝煙のかぐわしさ
革命　母からの自立

Ⅲ

ことばの光

詩を前にして
闇の中にえがかねばならない
蠟の月はどこまでも透明です
はにかみの前では光を失って

夢の中にしか生えない夜の木々
女が吐息をたてずに横たわる
あなたは私の脈打つ夢の中で
静寂をすいつづける一人の女

あなたの肺が夜をすいつづければ
夜はやがて明かりをとりもどす
あなたの前で生まれはじめた言葉の光

調和のある舞台――ノゴマ*を見て

夜の深さを測りに
あなたはとびたつ
誰があたえたのか
透明な羅針盤をのせて

何があなたの音をうばうのか?
確かな暗がりの中で
あなたは北の方角を向いていた

舞台にはもうだれもいない

季節が振り付けるざわめきも
凋落の流れの中でゆるみはじめる
あなたは調和のない息
夜の失地を求めて
わたしもとびたつ

＊　ノゴマ　スズメ目ヒタキ科の小鳥。オスは喉が赤い。冬は東南アジアで越冬し、
夏は北海道で繁殖する旅鳥。

終わりのない月夜

終わりのない月夜が
森の奥にあるという
わたしの見た夢の語り手が
残したのは暖かく
なつかしい波の音

わたしはおよいでいた
ただゆられていた
月映えをもとめて
浮いてながれていた

まぶたが重くなるのは
わたしの記憶のかたすみで
何かがやさしくよびとめるから

忘れてしまった季節のうたごえ
わたしを流れてやまない
終わりのない月夜なのだ

森のかいだんをあがったこともない
空にうかんだことすらもない
終わりのない月夜なのだ

悲しみ

悲しみは虹色のバルーン
行くあて無くゆらぎ
落ちては弾む
かえりの無い迷路

悲しみは小さな林檎
堅い皮に包まれて
映し出される艶やかな光
重さに耐えかねて
涙のように蜜を垂らす

悲しみは実験室の片隅におかれた
古い地球儀
気まぐれに回せば
きしんだ音を立ててとまる
そこにみたこともない
砂漠が広がっている

悲しみは
鳴ることを忘れた柱時計
十字架にかけられた聖人のように
こころもち上をみあげ
時間の重みを沈黙に変える

さびしさ

さびしさは
風の吹かない
夜の風鈴

さびしさは
すれ違ったあとに
胸ときめかす甘い香

さびしさは
泥にまみれた

散り桜

さびしさは
手を振る別れに背を向けて
足早に去る角曲がり

さびしさは
涙の一つ
かなしさは
涙が二つ

この切なさを

この切なさを
誰かに聞いてもらえるとしたら
わたしの中から燃えだした
十杯の微笑みを一緒に添えよう

この切なさを
何処かに置くことが出来るなら
わたしの中からあふれ出した
数え切れない悲しみを詰めこもう

この切なさを
空の彼方へと飛ばせるなら
わたしの中から飛び出した
真綿のような魂を見送ろう

この切なさは
満ちてくる潮
生きてきたことの重み
失われたものたちの総体

この切なさは
うたうように　はずむように
ねむるように
わたしの心をながれてゆく

この切なさは
今ここにあることのすべて
この切なさは
生きてきたことのあかし

ぼくが失ったもの

僕が失ったものは
明日の予定
僕が手に入れたものは
白いままのカレンダー

僕が失ったものは
一時間半の授業
学生たちと交わす挨拶
同僚との堅い団結

僕が手に入れたものは
たくさんの卒業写真
別れの手紙　感謝の色紙
名誉教授の称号

僕が失ったものは
毎月の振り込み
年二回のボーナス

僕が手に入れたものは
死ぬまで続く年金
介護保険と住民税の請求書

僕が失ったものは

緊張と不安
つり革の向こうに見える
朝の町並み

僕が手に入れたものは
空を飛ぶ飛行機の輝き
風に舞う枯れ葉の敷石

ぼくが失ったものは若さ
ぼくが手に入れたものは
何もしなくてよい自由

Ⅳ

詩人なら

見栄や体面の前に自分は小さい存在だった
責任や義務を前にして自分の体を痛めつけた

だから最後の自認に詩人を選んだ

詩人なら無能者とよばれても笑っていられる
気まぐれでも忘れっぽくても許してもらえる
だが詩人なら未来が予言できるかもしれない
犬や猫と心が通じ合えるかもしれない

詩人なら嫌なものは嫌だと断ってもいい
詩人なら時代に踏みつけられてもいい
スマホも仮想通貨も知らなくていい
万年筆のインクで指が汚れてもいい

詩人なら雲の行方に嘆くことも出来る
蝶は美しい天女で虻は逞しい精霊
豚や猿も同じ肉体をもつ生命の歴史
求めなければ憎しみも恨みも生まれない

詩人には恋人も家族も上司もいらない
詩人なら自分の体は裏切ることのない恋人
詩人には自分の心は優しく囁《ささや》いてくれる
詩人なら死はいつもそばに控えてくれる

だから最後に私は
詩人としてさよならを告げる

生まれたとき私は

生まれたとき、私は
何を感じたのだろうか

最初に明るさを感じたろうか
動くものの気配を感じたろうか
それとも人々の声を波のように聞いたのだろうか
時計の音、空気のかわき、かすかな薬品の匂い、
包まれるものの肌触り、小刻みに揺れるからだ、
母胎とは違う温度を感じたろうか

私が生まれたとき
母の胎内から放擲《ほうてき》されて
襲いかかるはじめてのものたちの力を
洪水のように感じておののき
たちまち胎内への郷愁に
とらわれたのだろうか

それとも無限の広がりの中で
新しい自由を感じ
それらの総てを奪おうと
思い切り大きな息をしたのだろうか

流れる時間、流れる言葉、
流れる空気、流れる匂い、流れる血、

私は流れるものの中に一人おかれて
自分の確かな重さを
感じ続けていたのだろうか
それとも存在してしまったことの
宿命をもう感じていて
死の囁《ささや》きをかすかに聞いたのだろうか

九十四歳の乙女

この高みに登ってくれば
北の浅間山と西のアルプス連山
刻まれた谷と風雪に耐えた峰と
その前にすっくとたったあなたは
九十四歳の乙女

杖で重量感ある身体を支えながら
烈しい南風に耐えて
まぶしい太陽に無数の皺を披露する
あなたは九十四歳の乙女

戦争で愛しい兄を失い
町工場でビスを留めながら
家計をささえたバラックの妻
なけなしの財産を盗まれ
爪に火をともして家を建てた
負けず嫌いなあなた

茶碗を投げる夫を置き去りにして
二人の子供を公園に連れて
空を見上げ大声で歌を歌っていた
涙一つ出さなかったあなた

あなたの姿が失われたら

私はまたこの高みに来るだろう
風に揺すられながら数歩歩いてきて
大地の硬さを確かめるように立ち
遠くを眺めながら微笑んでいた
九十四歳の乙女

あなたが占めていた大きな空間に
私はまたあなたの姿を
鮮やかに思い浮かべるだろう
谷と峰とその前に大きく拡がる平野を前に
確かにあなたが立っていた
神々しい空間を

父の背中

とても小さかったころの父の記憶
思い出せるのは二つのシーン

お腹を壊した僕をおんぶして
線路沿いのさみしい夜道を
町の医者まで連れて行く父の背中
揺れる父の頭の先に見えたまばゆい光
確かに点っていた一つの街灯

朝のローカル線の終点で

降りようととった真新しい魔法瓶
われて水が漏れだした魔法瓶
家に戻ろうとつぶやいた父の横顔に
やけにひげそり跡が目立っていた

アルバムを開くと飛び込んでくる
紫色に変色した父と僕の写真
三輪車にのった僕を押す上目遣いの父
遊園地で僕が乗るブランコを
ゆっくり揺らしている父の笑顔
帽子をかぶった僕を抱いて
のぞき込む父の頬にうかんだえくぼ

だが、僕は何も覚えていない

六十年たっても僕が覚えているのは
おんぶしてくれた父の背中の確かさと
息子を遊びに連れて行こうと意気込んで
高価な魔法瓶を買った父の落胆した表情

その時僕が何を思ったかはわからない
だが、六十年たっても鮮やかな二つの記憶
確かに強く刻まれた父の記憶

君のそばに僕がいて

君のそばに僕がいて
静かにそよぐいびきを聞いている
会議で吠えた君の緊張
勇気と迷いと自省と
君の一日の浅い眠り

君のそばに僕がいて
荒々しく話す電話を聞いている
時と場所を構わずかかる
父の容態　母のなくし物

置き場所のない君の憔悴

君のそばに僕がいて
風に揺れる助手席で雲を見ている
割り込まれる度に悪態をつき
すれ違う度にブレーキをかける
荒々しい君の一人相撲

君のそばに僕がいて
テーブルとゴミ箱が隔てている
越えることが出来ない三十センチ
透き通る水と味のない空気が流れる
君と僕との幸福な距離

君のそばに僕がいて
イチゴの上にヨーグルトをまぶしている
イチゴが君の笑顔の一つになるように
ヨーグルトが君の声を柔らかくするように
キリマンジャロが君の気高さを輝かせるように

僕が作るモーニング

あなたが私の中にはいるとき

あなたがわたしの中にはいるとき
しびれるようにわたしは笑い
あなたはわたしの思弁を透過する

あなたは一つの弾薬
緩やかに溶けてゆく苦み
わたしの足に溜《た》まってゆく重力

あなたは軽やかに弾む生薬
陰日向《かげひなた》なく満ちてくる潮《うしお》

わたしの脳髄にたどり着く巡礼

時は春
夏のように　私の襞《ひだ》は開く
言葉は生き永らえていたが
蜜蠟《みつろう》のように　私の胎児は
息を詰まらせる

それは滝
時間を食《は》みながら
煮立ち泡立つもの
回流し　打ち付け　反復し
喪服のように光放つもの

夜は氷砂糖
焼きごてのように
沁みてくる悲しみ
いたいけなく射しこんでくる痛みに
わたしは反り返ってあなたをかみ砕く

花はどこに行った？
ああ　わたしのなかのあなた
とどめをさされたわたし
吐露すれば私は跪《ひざまず》く
蜥蜴《とかげ》の金粉のように

そこは海
さびた燃焼機関

熱く燃えたぎる酵素
星が　星が生まれるのだ
渦巻くわたしの中のあなた

旅立ちは終幕のカーテン
融合する核　分派する時間
沈黙の浸透圧
大きく息をして
あなたは静かに破裂する

さようなら

さようならをしたのは何回だろう
すれ違う子供と目が合って
手を振りながら心で掛けることば
さようなら　気をつけて
振り向きざまに顔があい
激しく振る尻尾に向かって
さようなら　また会いたいね
荘厳な雰囲気の中で

手と手を合わせ
堅くなった顔に向かって
安らかに眠って下さい
もう苦しまなくていいのですよ
さようなら

一年間の卒業論文お疲れ様でした
ねぎらいとこれからの力づけと
長いスピーチの最後にそえることば
さようなら　また会いましょう

どんなことにも区切りがある
別れを惜しむ見送りに背を向けて
手を振るたくさんの視線を受けながら

足早に視線から消えるべく
心で発することば
さようなら私の職場
さようなら私の青春

さようならを最後にするのはいつなのだろう
自分にさようならを掛けることができるだろうか
それともだれかからさようならと声かけられて
新しい言葉として当惑するのだろうか

さようならを何回声に出しただろう
さようならを何回声に出せるのだろう

限りなく透明に

限りなく透明に
限りなく軽く
夢見がちに私は漂っていたい

鳥は死を予感するのだろうか
花は枯れることを恐れるのだろうか
石は動かずに崩壊していくのだろうか

あなたはもう私の前にはいない
あなたは写真に閉じ込められた存在

インクと縁取りで動きを忘れたあなた

雲はその白さを忘れるのだろうか
風はどこかで立ち止まるのだろうか
雨は何処まで染み込んで行くのだろうか

あなたは明け方に不意に訪れる
懐かしさに私は思わず声を上げる
首をかしげて笑うあなたは
音の無いかすかな映像の中

限りなく透明に
限りなく高く
悲しみに打ちひしがれながら

私は漂っていたい

愛は別れの中から生まれるのか
後悔は失ってから沸き立つのか
夢は届かない距離をとり続けるのか

扉の向こうに行ったあなたは
永遠に封じ込められたあなた
あなたの悲しみも切なさも
総ては色あせた私の想いの中

限りなく透明に
限りなく遠く
溶けない氷柱のように

私は漂っていたい

あとがき

本詩集は私の二冊目の詩集である。表題の「ことばはあなたのまえで」は、同名の詩を踏まえてはいるが、本詩集全体が、私が関わったすべての学生、家族や友人へのオマージュであることをこの言葉で表した。従って「あなた」や「君」は特定の人物ではなく、これらの人々を集約し一般化した、語りかける対象である。副題の「限りなく透き通るもののために」は、宮沢賢治の「小岩井農場」の中にある「すきとほるものが一列わたくしのあとからくる」を踏まえている。賢治作品では天の童子であるが、本詩集では物理的には存在していなくても感性では感じることができる存在をイメージしている。

各章の構成とコメントが必要な作品に触れておきたい。

「I」には他者と自分との間の心理的な距離を描いた作品を収録した。

「私のこころ私のことば」

序詩として配置。二〇二二年四月、上智大学の演習で私自身の詩観を披露するために書いた作品。私の詩は多くの先人たち、特に宮沢賢治、梶井基次郎、三好達治、萩原朔太郎の詩との共鳴から生まれてくることが多い。それを「草葉の陰の虫たち」「街灯の光が及ばない暗闇」「水平線の向こうに垂れている雲」「交差点の喧噪」の四つの場として表現した。

「ことばはあなたのまえで」

『詩と思想　詩人集２０２１』収録。お茶の水女子大学に赴任した一九八七年に、学生たちとの交流で感じた一体感と距離感を記した断片ノートがあり、それを元に二〇二〇年に作品化し、大学勤務最後の秋学期の授業の中で、学生たちへの感謝として贈った作品。

「だれにもわかってもらえなくて」

一九八七年四月にお茶の水女子大学赴任直後に書いた作品。

「傷つけないで下さい」

お茶の水女子大学の教育現場で、夏休みが近づくと不登校になる学生が一定数いて、彼等との面談から、傷つきやすい彼等の心を一人称の発話として描いた。「詩と思想」二〇二一年八月号に掲載。

「机の上の動物園」「去りゆくあなたに贈る詩」「やさしい彷徨者《さまよいびと》」

一九八四年六月の愛犬ポールの死後、「Paul　Poem　Pillar」というノートを作り、愛犬や恋する相手への想いを数年間記した。その中の作品。「去りゆくあなたに贈る詩」は「無人塔」四三号（二〇二一年二月）に掲載。

「Ⅱ」には震災、戦争、介護、不眠などの重苦しい主題をもつ作品を収録した。

「大川小学校震災遺構にて」

大川小学校は東日本大震災直後の津波で大勢の児童と職員が犠牲になり、避難の判断をめぐって裁判が起きた場所である。二〇二一年十一月に自家用車で訪れた際に感じたことを元に二〇二二年二月に作品化した。

「必死の時——兄は生きては帰らぬぞ」

二〇二二年の初春に起きたロシアのウクライナ侵攻を意識した作品。学徒出陣した父雅彦の戦地での行動を調査して『空白の日々を追って』（朝日新聞社、編集は実妹と甥）を二〇一六年に出版したが、その中で書いた高村光太郎批判を元に、老いた詩人たちが、戦場がどういう状況であるのか知りもせず美辞麗句を並べ、若者を戦場へ送りだす、同様のことがロシアのウクライナ侵攻でも起きていることに衝撃を受けて生まれた。

「この重苦しいもの」

二〇二二年三月、教え子と「群衆心理」を巡ってメールでやりとりしている間に生まれた作品。私が高校時代に体験した学生運動の熱気と、YouTubeでウクライナでの戦闘シーンやロシア兵による虐殺映像などを見たこととが結びついて生まれた作品。

「海への憧憬――三好達治に」
三好達治の「海よ、僕らの使ふ文字では、お前の中に母がゐる」（「郷愁」）を元に、さらに発展させた。漢字の「海」の中に「母」の文字が入るが、「母」という文字が母胎を象形するなら中央で切り割かれている。だとすれば上下にある点は涙なのではないか。このイメージを踏まえて、母国が二つに引き裂かれている国が複数あることや、海が太平洋戦争時の「わだつみ」と結びつくなどから、母性憧憬は戦争や愛国と切り離せない（三好達治も愛国詩を書いた）という批判的観点に立って、母性からの自立が必要ではないか、と既成の文化記号の脱構築を試みた。「無人塔」四四号（二〇二二年二月）に掲載。

「Ⅲ」にはリリカルな軽詩を収録した。

「ことばの光」「調和のある舞台――ノゴマを見て」「終わりのない月夜」
詩ノート「Paul Poem Pillar」内の作品。「ことばの光」は「無人塔」四四号に掲載。

「悲しみ」
「無人塔」四四号に掲載。

「この切なさを」
上智大学で秋学期の演習が始まった二〇二二年九月二十八日、学生たちへの挨拶として読みあげたスポークン・ワード。

「Ⅳ」には愛することや生きることの意義を主題にもつ、二〇二一年四月から二〇二二年八月までに生まれた作品を収録した。

「詩人なら」

お茶の水女子大学を定年退職した後、詩人として生きて行くことの決意を表明した作品。「無人塔」四四号に掲載。

「君のそばに僕がいて」

理想的なパートナーシップを描いた。「君」は男性なのか女性なのか、どちらにもとれるように書いた。

「あなたが私の中にはいるとき」

私たちが生きるということは、他者を自分の中に取り入れていくことではないか。それは命や身体であったり、意思や欲望であったり、言葉や啓示であったりする。それらが自分の中でどのように反応し変質していくのか、身体感覚を用いて表現した。

「さようなら」

上智大学で春学期の演習が終了した二〇二二年七月二十日、授業の最後に、別れの挨拶として学生たちに向けて読み上げたスポークン・ワード。

「限りなく透明に」

『詩と思想　詩人集２０２２』収録。「大川小学校震災遺構にて」とセットで生まれたもの。この世界に存在するすべてのものは死を免れ得ない、だが死は本当に終わりなのか。私たちが生きるとは自分の前から失われてしまった「透き通るもの」をずっと想い続けることではないのか、そして今この世界に存在している全ての生命と共感できるなら、私という小さな枠は消え、自分もまた「透明」な存在になれるのではないか。透明な私は時空を越えて「漂い」続けることができるだろう、そして何処かで誰かの言葉と出会い、新たな共鳴が起きるだろう、これが私の希いであり、詩を書く動機でもある。詩集の締めくくりとしてこの詩を配置した。

カバーの薔薇

神代植物園の薔薇で、撮影は大塚常樹。神代植物園は愛犬ポールが眠る深大寺の傍らにある。この詩集の「あなた」にふさわしいイメージとしてこの薔薇を選んだ。

二〇二二年十二月

大塚常樹

著者略歴

大塚常樹（おおつか・つねき）

一九五五年生まれ。東京大学大学院人文科学研究科国語国文学専攻修了。お茶の水女子大学名誉教授。一九八七年から二〇二一年までお茶の水女子大学文教育学部に勤務し、宮沢賢治や近現代詩の研究者として活動。二〇二二年度上智大学文学部非常勤講師。

高等学校国語科教科書（第一学習社）の編集委員として近現代詩の教材化に取り組む。

詩人として、日本現代詩人会会員。文芸同人誌「無人塔」を拠点に、「詩と思想」誌上で活動中。

主な著作
『コレクション現代詩』（共著、桜楓社、一九九〇）
『宮沢賢治　心象の宇宙論』（単著、朝文社、一九九三）
『近現代詩を学ぶ人のために』（共著、「大正時代のヒューマニズム」、世界思想社、一九九八）
『宮沢賢治　心象の記号論』（単著、朝文社、一九九九）
『日本のアヴァンギャルド』（共著、「草野心平」、世界思想社、二〇〇五）
『展望　現代の詩歌 第4巻 詩Ⅳ』（共著、「谷川俊太郎」、明治書院、二〇〇七）
『現代詩大事典』（共編著、「詩の音楽性」「比喩と象徴」他、三省堂、二〇〇八）
『日本近代文学研究の方法』（共著、「詩学・詩法」、ひつじ書房、二〇一六）
詩集『ゆめがあるのなら――限りなく優しくありたいひとたちへ』（土曜美術社出版販売、二〇一九）

詩集 ことばはあなたのまえで

——限りなく透き通るもののために

発行 二〇二三年二月二十日

著者 大塚常樹
装丁 直井和夫
発行者 高木祐子
発行所 土曜美術社出版販売
〒162-0813 東京都新宿区東五軒町三—一〇
電話 〇三—五二二九—〇七三〇
FAX 〇三—五二二九—〇七三二
振替 〇〇一六〇—九—七五六九〇九
印刷・製本 モリモト印刷
ISBN978-4-8120-2748-6 C0092